DENIS BOUCHER



# GURU SUNSHINE

## T'EXPLIQUE COMMENT CONQUÉRIR L'INUTILE ET DEVENIR QUELQU'UN D'AUTHENTIQUEMENT FAUX

**Guru Sunshine t'explique comment conquérir l'inutile et devenir quelqu'un d'authentiquement faux**

Denis Boucher

ISBN 978-2-925189-00-8 (Électronique)
ISBN 978-2-9818780-9-0 (Imprimé)



Page couverture et édition : François De Courcy

# 1

# Guru Sunshine il te dit que tu ne peux être heureux sans ses conseils

Grâce à un travail intense sur moi-même et de longues périodes de méditation et de réflexion approfondies sur la nature humaine, j'ai découvert le secret de la vie. Je vais donc, dans ce livre, le partager avec toi. Bien entendu, si tu veux vraiment développer tes connaissances et atteindre les plus hauts sommets, tu devras suivre mes précieux enseignements à la lettre.

Contrairement à ce que tu pourrais croire, tu ne peux être heureux du jour au lendemain. Ta vie actuelle est de la merde et elle le restera tant que tu ne suivras pas les conseils avisés de Guru Sunshine. Je sais que je me répète, mais c'est ainsi, et je veux que tu le comprennes bien.

Non, ne te méprends pas, Guru Sunshine n'est pas à la tête d'une secte. Il gère simplement un club de faibles d'esprit qui croient tout ce qu'il raconte. Et pendant que Guru Sunshine te parle de cela, il se remémore les nombreuses séances de purification dans la boue que ses disciples – oups, il voulait plutôt dire ses clients – font chaque mois. N'est-ce pas merveilleux?

Guru Sunshine y va donc avec son premier enseignement, qui va comme suit : tu dois vouloir posséder plus pour être heureux.

Oui, c'est simple, si ton voisin s'achète une nouvelle piscine, tu dois en acheter une plus grosse encore. Ce n'est pas grave si tu t'endettes, car Guru Sunshine va t'expliquer dans son séminaire : « *Les lois universelles d'attraction du cash* », comment faire de l'argent sans effort. Oui, à travers 21 méditations sur le cash, tu développeras les vibrations cosmiques qui vont attirer l'argent à toi. De plus, tu seras surpris de voir à quel point le cash coulera à flots dans ta vie. En passant, les inscriptions commencent la semaine prochaine.

Donc, peu importe que tu n'aies pas l'argent nécessaire pour le moment, emprunte. Si ton voisin s'est acheté une piscine hors-terre, fais-toi installer une piscine creusée. N'hésite pas à te comparer et à montrer aux autres que tu es meilleur qu'eux.

Donne-moi une seule bonne raison pour laquelle tu serais heureux avec ce que tu possèdes déjà? Ta famille te rend heureux, tu as un bon emploi, tu vis dans un endroit qui te plaît. Souviens-toi que tout ça, c'est de la propagande. Personne ne devrait être heureux de ce qu'il possède déjà et de la vie qu'il a construite. Guru Sunshine il te dit que pour être heureux tu dois posséder toujours plus.

Ton sentiment de bonheur actuel, s'il en est un, n'est qu'une illusion qui te fera stagner. Tu ne peux progresser dans la vie si tu es heureux de ce que tu possèdes déjà et de ce que tu as construit. C'est une loi de la nature découverte par Guru Sunshine pendant une de ses méditations assistées au cannabis.

Oui, tu dois posséder toujours plus et il est important de te comparer en tout temps aux autres afin que tu focalises ton attention sur ce qu'il te manque. Le voisin possède une voiture de 100 000$, tu ne peux accepter qu'il réussisse mieux que toi et surtout pas le féliciter pour sa réussite. À moins qu'il ait suivi les conseils de Guru Sunshine et qu'il se soit endetté par-dessus la tête pour se la procurer.

En focalisant ton attention sur ce qu'il te manque, tu vas enfin finir par oublier que tu as, en ce moment, des raisons pour être heureux. Tu vas tellement te sentir en manque, que tu vas désirer encore plus. Ainsi, tu vas courir partout comme un fou en t'épuisant pour acquérir des choses dont tu n'as pas vraiment besoin. Mais, Guru Sunshine il te le répète, pour être heureux tu dois posséder tout ce dont tu n'as pas réellement besoin.

Quoi? Tu vas venir à mon séminaire « Les lois universelles de l'attraction du cash » et tu vas apprendre à faire de l'argent sans effort et ainsi pouvoir t'acheter tout ce que tu désires. Là, Guru Sunshine il est un peu déçu de toi. Il faut des années pour maîtriser les 21 méditations. Donc d'ici là, il faudra que tu apprennes à devenir beaucoup plus productif. Et le séminaire de Guru Sunshine intitulé : « *Totalement productif et absolument épuisé* », va t'enseigner comment faire toujours plus en te réservant le moins de temps possible pour être heureux. Tu peux t'inscrire dès aujourd'hui.

PAROLE DE SAGESSE N°1
DE GURU SUNSHINE

Ta vie ne sert à rien
si tu ne la perds pas
à faire mieux que
ton voisin.

# 2

# Guru Sunshine il te dit que seules les apparences comptent

La seule chose qui compte dans la vie c'est ce que les autres pensent de toi. Il faut que tu fasses tout ce qui est en ton pouvoir pour bien paraître aux yeux des autres. Il faut que tu aies l'air fort et en contrôle dans toutes les situations de ta vie. Il est important de refouler tes émotions négatives afin de te détruire de l'intérieur, car l'important… ce sont les apparences.

Tu es dans l'erreur si tu te sens bien dans ta peau et que tu te fous de l'opinion des autres. Tu as beau croire que ce qui compte est de vivre ta vie comme tu l'entends, sans subir les pressions sociales qui t'imposent un cadre rigide et inhumain de fonctionnement, tu te trompes.

Ce n'est pas une vie que de s'accepter tel que l'on est, d'être bien dans sa peau, d'avoir l'esprit libre et de ne pas se laisser influencer par les conneries qu'impose la société moderne. Guru Sunshine il veut te faire comprendre que si tu veux rester un mouton admiré des autres, tu ne peux accepter de te sentir libre intérieurement.

Écoute ce que dit la société moderne et ce que t'explique Guru Sunshine. L'important est de faire toujours plus.

Quoi? Tu dis à Guru Sunshine que tu trouves ça épuisant de faire ce qu'il faut pour entretenir les apparences et que ça ne correspond pas à tes valeurs personnelles. Mais Guru Sunshine il n'en a rien à foutre de ce que tu penses. Quand la société moderne impose ses règles, c'est ton devoir de les respecter, même au détriment de ta santé physique et mentale. Voyons, tu ne réalises pas que tu n'es rien si tu n'entretiens pas les apparences? Écoute attentivement les précieux conseils de Guru Sunshine qui t'enseigne à naviguer dans ce monde d'illusions.

Tu dois constamment surveiller tes arrières, car quelqu'un pourrait lancer une rumeur à l'effet que tu ne fais pas comme tout le monde. Voyons, il faut que tu entres dans les rangs et suives le troupeau des gens qui s'épuisent à construire leur image de marque auprès des autres.

Ça n'a pas d'importance si tu délaisses ta famille et te sens malheureux, car l'important c'est de montrer aux autres comment tu es meilleur qu'eux dans tous les domaines. Oui, tu dois tout faire pour qu'ils t'admirent. Imagine le drame s'il fallait que tu reçoives un commentaire négatif sur les réseaux sociaux.

Tu dois tout laisser tomber pour travailler à bien paraître et à avoir l'air d'en faire plus que tout le monde dans toutes les facettes de ta vie.

PAROLE DE SAGESSE N°2
DE GURU SUNSHINE

Ne considère pas ce qui te rend heureux, mais bien ce qui te rend important aux yeux des autres.

# 3

# Guru Sunshine il te dit que tu dois toujours viser plus haut

Oui, c'est important de toujours viser plus haut afin de gâcher ta vie à devenir meilleur. Ne prends pas le temps de t'arrêter pour réfléchir, car tu pourrais découvrir les secrets de la vie par toi-même. Et là, Guru Sunshine ne te servirait plus à rien. Il ne pourrait plus te vendre ses séminaires, un après l'autre.

Tu ne dois pas remettre en question les grands principes de la société moderne. La société te dit que tu dois être invincible, que tu dois tout accomplir en tout temps au maximum de tes capacités, alors c'est ce que tu dois faire, sans te poser de questions. Guru Sunshine il te dit que tu dois croire à l'inutile et rester aveugle à l'important.

Si jamais ta petite voix intérieure s'élevait pour te faire comprendre que tu n'es qu'un simple être humain qui fonctionne grâce à des réserves d'énergie limitées que tu dois répartir à travers toutes les demandes du quotidien, ne l'écoute surtout pas.

Tu finirais par découvrir que tu as besoin de ralentir le rythme et de te reposer. Et là, Guru Sunshine il te dit que tu dois te comporter en superhéros. Tu dois réussir et te surpasser dans toutes les facettes de ta vie. Le repos c'est pour les mauviettes, et toi tu n'es pas qu'un simple être humain. Tu es quelqu'un qui vise toujours plus haut.

Oui, tu es capable de faire abstraction de la fatigue, de la douleur et de tes émotions afin de t'épuiser totalement pour atteindre les sommets dont tu es digne. Pense à la gloire qui t'attend. Chaque matin tu te lèveras de plus en plus épuisé, à courir après les choses inutiles dans la vie, qui n'ont rien à voir avec le bonheur réel.

Guru Sunshine il sait que parfois tu douteras, mais souviens-toi que le plus important c'est d'entretenir les apparences et non de t'attarder à ce qui te rend heureux. Travaille, travaille et travaille encore jusqu'à ce que tu sois totalement épuisé, physiquement et mentalement. Lorsque tu sentiras que tu n'en peux plus et que ta petite voix intérieure te conseillera encore une fois de ralentir et de te reposer, souviens-toi de ne pas l'écouter, car toi tu es un superhéros et l'épuisement c'est pour les faibles.

L'important c'est de faire toujours plus d'argent et de travailler inlassablement pour y arriver. Ne perds pas ton temps à t'occuper de ta famille, à profiter de moments de bonheur avec eux, à t'arrêter pour respirer et vivre calmement. Tout ça, c'est du gaspillage, car cela ne fera que ralentir ta quête des apparences.

Il est aussi très important que tu réussisses dans la pratique de sports. Donc, si tu décides de commencer à t'entraîner à la course à pied par exemple, Guru Sunshine il te dit de ne pas courir pour ton bien-être ou ta santé. Non, non, non, vise au moins l'entraînement pour le marathon et je te suggère fortement le triathlon. Tu pourras ainsi montrer aux autres à quel point tu es fort, capable de te surpasser et meilleur qu'eux, même dans ce domaine.

C'est certain qu'avec tout ce que tu dois accomplir, ton corps voudra flancher et que tes cernes sous les yeux indiqueront que tu es sur le point de craquer. Mais, Guru Sunshine il te rappelle que tu es un superhéros capable de faire abstraction de la fatigue et de la douleur, et que tu es immunisé contre l'épuisement. Non, ça ne peut pas arriver à un superhéros comme toi. Tu es fort et invincible. L'épuisement, c'est pour les mauviettes.

En terminant, Guru Sunshine t'invite à t'inscrire à son séminaire : « *Viser plus haut ce n'est pas encore assez haut.* » Dans celui-ci, il t'explique comment aller constamment de l'avant jusqu'à en vomir d'épuisement. Rien ne doit t'arrêter et tu dois laisser les autres derrière, au prix de ton propre bonheur et de ta vie.

C'est ça que la société moderne attend de toi.

PAROLE DE SAGESSE N°3
DE GURU SUNSHINE

L'épuisement est la récompense du fort dans sa quête de l'inutile. Apprends à l'apprécier chaque jour de ta vie.

# 4

# Guru Sunshine il te dit de surcharger ton mental

Souviens-toi que tu dois tout accomplir à la perfection afin de bien paraître aux yeux des autres. Ce que tu penses de toi-même n'a pas d'importance. Être bien dans ta peau sans aucune raison particulière n'est pas un objectif que tu dois poursuivre. Te sentir libre mentalement de toutes les contraintes de la vie n'est pas souhaitable si tu veux continuer de t'inscrire aux séminaires de Guru Sunshine.

Ton esprit doit constamment poursuivre des objectifs. C'est en visant des objectifs importants que tu progresses. Guru Sunshine il te rappelle ces objectifs importants :

- Entretiens les apparences en tout temps.
- Dépense ton argent le plus rapidement possible afin de t'endetter au maximum.
- Ne réserve jamais de temps à ta famille, travaille constamment.
- Travaille fort et longtemps pour bien paraître aux yeux de ton patron et de tes collègues.
- Deviens un bourreau de travail afin de passer à côté du bonheur.
- Ne laisse pas ton voisin posséder plus de biens matériels que toi.

- Ne t'arrête jamais, car le bonheur d'un moment de répit pourrait t'éloigner de la quête de l'inutile.
- Oublie que tu es une entité biologique dont les besoins principaux sont le bonheur et la paix d'esprit.
- Ignore que le bonheur se retrouve dans ce dont tu as besoin et non dans ce que tu désires.
- Désire toujours plus et tu pourras ainsi faire abstraction de qui tu es vraiment et devenir quelqu'un d'authentiquement faux.

Remercie Guru Sunshine de partager avec toi les lois de la réussite.

PAROLE DE SAGESSE N°4
DE GURU SUNSHINE

Un esprit troublé dans
un corps épuisé,
voilà ce que tu es en droit
de récolter chaque jour
de ta vie. Ne change
rien à cela.

5

# Guru Sunshine il te dit que tu dois être plus fort, mentalement

Guru Sunshine il accepte le fait que penser, travailler, faire de l'exercice et gérer les demandes multiples de ton quotidien requiert de l'énergie.

Le magnifique cerveau de Guru Sunshine ne représente que 2 % du poids de son corps, et en tout temps, il utilise de 20 à 30 % de l'énergie qu'il produit. C'est l'équivalent de son incroyable et sensationnelle musculature.

Au repos, le sublime cerveau de Guru Sunshine utilise 20 % de son énergie. Lorsqu'il réfléchit intensément, il utilise 30 % de l'énergie totale de son corps. Guru Sunshine il te dit que pour toi aussi c'est ainsi. Tu penses et tu dépenses de l'énergie. Chacune de tes pensées nécessite de l'énergie, et ce, même si elles sont moins importantes que celles de Guru Sunshine. C'est vrai, je dois l'admettre, bien que tu sois mentalement inférieur à Guru Sunshine, tes pensées utilisent la même quantité d'énergie.

Avec tout ce que te demande d'accomplir Guru Sunshine, tu dois aussi gérer mentalement de nombreuses situations au quotidien.

C'est donc pour cela que Guru Sunshine il veut que tu ressentes en tout temps cette surcharge mentale en lien avec tout ce que tu penses devoir accomplir.

Oui, désire plus, et dépense de plus en plus d'argent pour t'endetter. Tu pourras ainsi travailler sans relâche pour gagner de plus en plus d'argent afin de payer pour tes excès et éventuellement apaiser le stress qui te ronge de l'intérieur. Mais, Guru Sunshine il te dit de ne pas t'inquiéter, car c'est la voie de la réussite. Entretenir à tout prix les apparences.

Si, face à ce fardeau mental, tu devais fléchir, Guru Sunshine il te dit de ne pas te comporter en mauviette et de ne rien changer. Ta vie doit continuer de s'améliorer pour le pire. Il n'existe pas d'autre manière d'agir. C'est la société moderne qui l'impose. Qui es-tu pour remettre en question les exigences de la société moderne? Les apparences, voilà la seule chose qui compte.

Lorsque l'épuisement te clouera dans ton lit, et que tu commenceras à remettre en question les enseignements de Guru Sunshine en te disant qu'il est temps pour toi de changer de vie et de penser à toi, répète-toi ce qui suit plusieurs fois par jour : « Je ne comprends pas pourquoi je suis si fatigué. Moi, un être si exceptionnel, si puissant, si déterminé, si incroyable, je ne comprends pas pourquoi je ressens autant de fatigue. Mais non, mais non! Non, non, ce n'est pas moi. Je ne peux pas ressentir de la fatigue. Je dois en faire davantage. Alors non, non. Je vais me motiver. Oui, je vais me pousser. Non, je vais les régler tous ces dossiers. Oui, je vais être partout, en tout temps, et faire fi de la fatigue! »

Bon, il est probable que cela ne soit efficace qu'un certain temps. Et alors, si la fatigue augmente encore, et que tu te demandes : « Pourquoi suis-je toujours si fatigué? Peut-être devrais-je m'arrêter un moment pour réfléchir? », Guru Sunshine il te dit de ne pas écouter ces élucubrations de ton esprit. Va voir ton médecin et demande-lui des antidépresseurs, des anxiolytiques ou n'importe quel autre médicament qui te permettra de maintenir le même rythme infernal et de ne pas comprendre que le problème est que tu en fais plus que ce qui est humainement acceptable.

Mais, comme Guru Sunshine il te le dit souvent, les apparences c'est ce qu'il y a de plus important. Ta santé et ton bonheur passent bien loin derrière.

Non, ne remets jamais en question ta croyance à l'effet que tu es un superhéros et que tu peux tout accomplir. Non, ne remets jamais en question ta façon de fonctionner. Il faut que le cercle vicieux : entretenir les apparences, se dépasser constamment pour y arriver et nier l'épuisement, se répète sans cesse.

PAROLE DE SAGESSE N°5
DE GURU SUNSHINE

Crois-moi, ta vie
peut vraiment s'améliorer
pour le pire.

# 6

# Guru Sunshine il te dit de ne jamais être satisfait de ton corps

Guru Sunshine il te rappelle que les apparences, c'est ce qui compte le plus au monde. Tu ne dois pas être satisfait de ton corps. Il faut que tu acceptes ce que t'impose la société. Regarde attentivement ces images photoshopées d'hommes et de femmes avec des corps parfaits sur toutes ces revues. Bien que ce ne soit pas la réalité, tu dois viser à atteindre l'impossible.

Refuse de vieillir. Profite abondamment du botox, fais-toi gonfler les babines, et pense à te faire installer tous les implants faciaux possibles et imaginables. Même si à la fin tu as l'air d'une poupée de cire, rassure-toi, car Guru Sunshine il te dit que tu fais tout pour conserver les apparences. Même si ça paraît que l'ossature de ton visage traduit ton âge, tu pourras continuer de croire que tu ne vieillis pas et les autres pourront te laisser entendre qu'ils y croient, même si dans ton dos, ils rigolent.

Guru Sunshine il te dit aussi que tu ne dois pas accepter une seule once de gras sur ton corps. Même si tu le détruis, tu dois maigrir et vite. Encore une fois, ne fais pas les choses à moitié. Il n'est pas ici question de prendre soin de ton corps, mais bien d'entretenir les apparences.

Donc, Guru Sunshine il te conseille de te priver le plus possible de nourriture et de t'entraîner trois heures par jour, sept jours par semaine. Pour réussir, il faut que tu crèves de faim et que tu t'épuises à l'entraînement. Bien sûr que tu détruiras ton métabolisme et que tu t'épuiseras encore plus. Mais rappelle-toi, on ne parle pas ici de faire les choses pour ta santé et ton bien-être, mais bien pour répondre aux standards de la société moderne. Les apparences, c'est ce qui compte le plus.

Quoi? Tu dis à Guru Sunshine que tu manqueras de temps. Non, Guru Sunshine il ne te croit pas. Tu n'as qu'à te lever à 4 h du matin pour t'entraîner. Le sommeil ce n'est qu'une perte de temps. Ne crois pas ceux qui te disent que te priver de nourriture, t'épuiser à l'entraînement, manquer de sommeil et être stressé toute la journée ce n'est pas bon pour ta santé. Il faut que tu vises toujours plus haut et rien ne doit t'arrêter, même pas ta santé et ton bonheur.

Que tu sois malheureux, épuisé, déprimé, anxieux, tout ça n'a pas d'importance. Seules les apparences comptent. Si la fatigue ou la maladie te ralentissent, Guru Sunshine il te dit qu'il est alors temps de te sentir coupable. Il faut que tu continues de croire à tout prix que tu peux en faire davantage et que tu dois te surpasser au travail et à l'entraînement. Tu dois devenir quelqu'un d'authentiquement faux et ainsi obtenir cette approbation sociale si essentielle pour tous.

Si tu es épuisé, Guru Sunshine il t'invite à son nouveau séminaire : « *Ne crains pas de mourir prématurément,*

*car l'important est de réussir aux yeux des autres.* »
Oui, Guru Sunshine il t'enseigne tous les secrets de la vie.

PAROLE DE SAGESSE N°6
DE GURU SUNSHINE

Ça ne sert à rien de vivre longtemps si tu es heureux de ce que tu possèdes et de ce que tu as accompli.

# 7

# Guru Sunshine il te dit que tu n'as pas le temps de bien t'alimenter

C'est une bonne chose que tu ne penses pas à bien t'alimenter. Guru Sunshine il te dit que tu n'as pas le temps pour ça. Va le plus souvent possible dans les fast-food et assure-toi te consommer le plus d'aliments transformés possible. Il faut que tu deviennes dépendant de toutes ces formes d'aliments.

Ainsi, au lieu de remettre en question les précieux conseils de Guru Sunshine et de vouloir retrouver un mode de vie sain et équilibré pour lutter contre le stress, la fatigue et les émotions négatives, tu pourras te gaver de tous ces aliments pour compenser. Oui, une surcharge instantanée de plaisir pour ton cerveau, ce qui te fera oublier pourquoi ça va si mal dans ta vie. Mais souviens-toi que ça va mal pour les bonnes raisons… ta quête des apparences.

Face à tout ce malheur si utile à ton dépassement personnel, tu auras sûrement besoin de geler tes sensations et tes émotions davantage au fil des jours, des mois et des années de torture que tu t'imposes. Alors, bois de l'alcool encore plus. Pourquoi pas chaque soir? L'alcool est un excellent sédatif. Saoule-toi juste assez chaque soir et tu finiras par t'endormir d'un sommeil non-récupérateur. Mais, ne t'inquiète pas, car Guru Sunshine il t'a déjà dit que l'importance d'un sommeil de qualité est surfaite.

Et si ce n'est pas suffisant, ne te mets pas à chercher la cause de toutes tes difficultés. L'introspection c'est très mauvais pour ta réussite. Tu pourrais décider de ne plus suivre les paroles de sagesse de Guru Sunshine. Pense alors à ce qu'il t'arriverait si tu réalisais que les apparences ce n'est pas si important que ça. En effet, tu ralentirais le rythme, tu retrouverais des habitudes de vie saines, tu te contenterais de ce que tu possèdes déjà, et tu profiterais de moments de bonheur auprès de ceux que tu aimes. Comprends-tu quelle vie ridicule tu mènerais, alors?

Si la malbouffe et l'alcool ne sont pas suffisants, n'hésite pas à exiger à ton médecin qu'il te prescrive encore plus de médicaments pour pallier tes habitudes de vie néfastes qui sont en train de te tuer à petit feu.

Mais, Guru Sunshine il te rappelle qu'une vie de malheur et la mort prématurée sont le prix à payer pour atteindre les objectifs que t'impose la société moderne. Objectifs dont tu as fini par croire qu'ils étaient importants pour toi.

C'est une chance que tu sois assez stupide pour te laisser manipuler ainsi. Mais si tu doutes de toi, Guru Sunshine il t'invite à t'inscrire à son séminaire en ligne : « *Comment adopter les croyances des autres et faire abstraction de tes besoins* ». Ce séminaire te rendra heureux, car Guru Sunshine il va t'expliquer pourquoi il est important d'être un bon mouton et de penser comme les autres. Imagine, avancer dans la vie sans jamais avoir à remettre en question tes croyances et tes comportements.

PAROLE DE SAGESSE N°7
DE GURU SUNSHINE

Ta santé physique et mentale n'a aucune importance. Tu es en droit de mourir pour la mauvaise cause.

# 8

## Guru Sunshine il te dit que tu dois être perfectionniste

Parce que tu suis les conseils de Guru Sunshine, certaines personnes mal intentionnées te diront que tu es vaniteux. Mais c'est faux, tu es simplement perfectionniste. Tu fais tout mieux que tous les autres et personne ne t'arrive à la cheville.

Quand ça va mal, c'est toujours la faute de quelqu'un ou de quelque chose d'autre. N'hésite pas à remettre constamment en question le travail des autres. Considère-les toujours comme des incompétents qui ne t'arriveront jamais à la cheville.

Conteste le plus souvent possible les décisions de ton patron, car il ne pourra jamais faire le travail mieux que toi.

Si tu diriges une équipe, délègue le moins possible. Fais tout le travail à leur place, car personne ne pourra le faire aussi bien que toi.

Si ton attitude crée un milieu de travail malsain, Guru Sunshine il te dit que ce n'est pas ta faute si tu es supérieur aux autres et que tu es entouré d'incompétents.

Si ça t'enrage de travailler avec des incompétents, assure-toi de leur démontrer ton mépris.

Et surtout, Guru Sunshine il te dit de ne jamais croire que le problème que tu vis découle de ta perception des autres, de ton attitude et de tes comportements malsains. Non, tu es perfectionniste et tu as acquis le droit de démontrer aux autres le peu de valeur qu'ils ont à tes yeux. De cette manière, tu comprendras que la rage que tu vis au travail n'a rien à voir avec toi. C'est la faute des autres, un point c'est tout.

Il est aussi fort probable que tu n'arrives jamais à trouver un milieu de travail qui te convienne. Les vaniteux comme toi ne peuvent y arriver à moins d'un travail d'introspection que Guru Sunshine juge inutile.

Souviens-toi, les apparences, c'est tout ce qui compte. Démontrer que tu es supérieur aux autres et le croire de toutes tes forces, même lorsque tout démontre que tu as tort, constitue le secret de la réussite. Voilà le conseil ultime de Guru Sunshine.

PAROLE DE SAGESSE N°8
DE GURU SUNSHINE

**Souviens-toi que les autres sont tous des incompétents. Tu as le droit de les mépriser.**

# 9

# Guru Sunshine il te dit de ne pas prendre soin de toi

Certains te diront que ta santé, tant physique que mentale, est importante et que personne d'autre que toi ne peut s'en occuper.

Guru Sunshine il dit que tout ça ne fait aucun sens. Tu n'as pas besoin d'apprendre à gérer le stress, l'anxiété ou même tes émotions. Tu es capable de refouler tout ça au plus profond de toi et d'endurer la souffrance pour la seule cause qui compte vraiment : les apparences.

Et ces idées stupides que l'on veut te mettre dans la tête à l'effet qu'il faut que tu te reposes ou bien que tu doives décrocher mentalement sont totalement aberrantes. Guru Sunshine il te dit de rester le plus possible obsédé par toutes ces pensées qui te démontrent que tu es encore loin d'avoir atteint ton objectif.

De cette manière, tu fourniras de plus en plus d'efforts en sentant que tu es vide intérieurement et en constatant que tu n'y arriveras jamais. Sans cesse, tu rumineras des pensées et des émotions négatives, mais c'est ça le réel bonheur : souffrir de ne jamais pouvoir atteindre un but irréaliste.

Tu dois travailler plus fort, te tourmenter davantage et ne jamais te laisser de moments de répit. Toi tu es fort, tu es un superhéros. Regarde tous ces idiots qui prennent du temps pour eux, qui soignent leur alimentation, font de l'exercice pour leur bien-être et qui gèrent leur vie de manière à ce que le stress négatif ne détruise pas leur santé mentale. Ils se disent heureux. Tu vois bien qu'ils ne font partie que d'un petit groupe. Ils ne peuvent avoir raison quand la société moderne t'a permis de comprendre que tu dois te surpasser dans toutes les facettes de ta vie pour bien paraître aux yeux de tous.

Guru Sunshine il te dit de ne pas te laisser berner. Si tu es épuisé et que ton médecin te dit que tu dois ralentir et te reposer, sache qu'il fait partie intégrante d'un complot à grande échelle qui veut te faire croire qu'il est important de prendre soin de toi.

Guru Sunshine il est heureux, car il sait que tu n'y crois pas. Il le voit bien, tu consommes de la malbouffe à profusion, tu es gros, tu es stressé, tu dors mal, tu es épuisé, tu as des douleurs musculaires et tu continues à fournir des efforts surhumains pour atteindre l'inutile. Guru Sunshine il est vraiment fier de toi. Il sait très bien aussi que le complot de la santé veut te laver le cerveau afin que tu deviennes membre de leur secte, mais tu ne le feras pas, car tu es déjà trop usé pour envisager que tu pourrais vivre une vie bien plus agréable.

Guru Sunshine il te dit de ne pas lâcher et de continuer ainsi, car tu frapperas bientôt le mur au bout du tunnel.

C'est certain que lorsque tu l'auras frappé et que tu devras demeurer quelques jours au lit pour récupérer, c'est à ce moment qu'il est vraiment important de te sentir coupable de ta faiblesse. Voyons... comme si tu n'étais qu'un humain comme les autres qui a besoin de bonheur, de calme, de repos et de nuits de sommeil réparatrices?!

Tu n'es pas comme ça, tu es invincible. Il pourrait, dans ce moment de faiblesse, te venir à l'esprit de changer de style de vie, car celui-ci ne te convient plus. Cependant, je sais que ta culpabilité t'aidera à reprendre les mêmes pensées et comportements qui t'ont conduit dans le mur. Il faut que tu apprennes à te relever. Et pour cela, Guru Sunshine il te propose de t'inscrire à son séminaire : « *Tu peux tomber à genoux, mais l'important est de te relever afin de poursuivre ta quête de l'inutile*. »

PAROLE DE SAGESSE N°9
DE GURU SUNSHINE

## Brûle la chandelle par les deux bouts, et si possible coupe-la en deux avant de commencer.

# 10

# Guru Sunshine il te dit de ne pas trouver la volonté de changer

Tu dis à Guru Sunshine que tu aimerais te sentir mieux, mais que tu manques de volonté. Sache que c'est une très bonne chose, car cela veut dire que tu ignores qu'il te suffit de prendre la décision d'agir différemment. Oui, il te suffit d'agir autrement afin d'obtenir des résultats différents. Mais puisque tu penses que le changement repose sur la volonté et que tu n'en as pas, tu resteras donc le même. Rien ne changera à ta vie.

Tu devrais ressentir un tel bonheur à ce moment, car même si tu n'aimes pas beaucoup ta vie, c'est signe que tu en tires des plaisirs coupables. Tu peux te plaindre abondamment de tout ce qui ne va pas, sans prendre la responsabilité de tes décisions. Tu es si bien dans ces habitudes de vie merdique, car tu sais à quel point c'est important de te surpasser en tout temps et toutes occasions et d'entretenir les apparences.

Ta vie sans la volonté de changer est une bénédiction pour toi. Tu crois que c'est cela qui t'empêche de revenir à une vie soporifique de calme et de bonheur. Cela ne te détournera donc pas de ta quête de l'inutile.

D'ailleurs, Guru Sunshine t'invite à participer à son séminaire : « *Aux frontières de l'inutile ta vie prend tout son sens* », dans lequel tu découvriras qu'il ne sert à rien de changer quand tu poursuis un objectif sincère et profond comme entretenir les apparences.

Guru Sunshine il te dit que tu dois faire comme les autres, mais beaucoup mieux qu'eux. Il veut aussi que tu ressentes ce besoin d'être admiré. Oui, tu mérites la gloire et l'admiration de tes congénères. Ainsi, tu peux les regarder de haut.

Des langues sales te diront que tout cela est ridicule puisque, comme tout le monde, tu finis par t'asseoir sur la toilette pour faire un numéro deux. Mais rassure-toi, contrairement à ces êtres mesquins, toi tu sens la rose.

Pourquoi rechercher la volonté de changer quelque chose d'aussi grandiose que ta quête des apparences? Pense à tous ces gens qui t'admirent quand tu cours comme une poule pas de tête au bureau pour leur démontrer que tu es performant. Pense à ceux qui saluent ton courage quand tu es le seul à travailler dans un bureau vide, tard les soirs de semaine. Pense à comment ils t'acclament quand tu rentres au travail un dimanche matin. Pense à quel point ils sont estomaqués quand tu es assez con pour répondre à tes messages textes en plein milieu de la nuit. Pense à leur stupéfaction quand tu réponds à tous les appels que tu reçois, avant la deuxième sonnerie. Ta conquête des apparences n'est-elle pas sublime?

Guru Sunshine il te le demande : veux-tu vraiment sacrifier tout cela?

PAROLE DE SAGESSE N°10
DE GURU SUNSHINE

Quand tout va mal,
sois heureux de ne pas
agir autrement, car
ça t'empêcherait de
continuer à te plaindre.

# 11

# Guru Sunshine il te conseille de ne pas être satisfait de ta relation amoureuse

Même si ton ou ta partenaire de vie te montre qu'il t'aime, qu'il est doux avec toi et qu'il t'encourage à accomplir tes rêves, ne tombe pas dans le panneau. Regarde dans la cour du voisin, il y a plus beau.

Si tu comprends que la passion s'estompe après quelques mois pour laisser naturellement place à une forme d'amour durable, n'y crois surtout pas.

Vise toujours plus beau et plus passionné au lit. Tu as droit à la passion constante, même si c'est illusoire. Tu as le droit de ne pas endurer les qualités de l'autre, même si elles te rendent heureux. Ne te satisfais jamais de ce qui te rend heureux.

À quoi sert une vie heureuse avec l'autre, si tu ne peux plus montrer aux autres que tu vis une relation amoureuse passionnée, chaque jour de ta vie? Que diraient les autres s'ils te trouvaient heureux dans une relation amoureuse saine?

Même si le bonheur emplit ta vie, cherche le conflit, car ainsi tu pourras justifier que tout va mal dans ta relation, passer à une nouvelle sans te remettre en question et recommencer chaque fois ce cycle infernal du malheur conjugal.

PAROLE DE SAGESSE N°11
DE GURU SUNSHINE

N'apprend surtout pas à aimer, car tu découvrirais que cela est plus fort que la passion.

# 12

# Guru Sunshine il te dit de devenir un leader qui regarde loin derrière

Si tu as quelque chose d'intelligent à dire, Guru Sunshine t'implore de le garder pour toi. Tu dois devenir le leader qui regarde loin derrière et perpétue les éternelles croyances sur la réussite. Ne laisse personne de ton entourage, et surtout pas tes enfants, penser qu'une vie de bonheur est acceptable.

Personne ne doit faire dans la vie ce qui le rend heureux. Toi tu le sais bien, la seule chose qui compte est d'entretenir les apparences. Oui, la quête de l'inutile demeure la seule chose qui compte dans la vie.

Si tu veux être un bon leader, ne laisse pas tes proches se détourner du droit chemin. Ils méritent la même vie que toi, et encore pire.

Dans l'éventualité où tu souhaites devenir un meilleur leader, Guru Sunshine il t'invite à t'inscrire à son séminaire : « *Le leader Néandertal de demain* ». Dans celui-ci, il te partage ses stratégies les plus avancées pour avoir un impact négatif puissant sur la vie des gens. C'est à ne pas manquer.

PAROLE DE SAGESSE N°12
DE GURU SUNSHINE

Fais en sorte que tes enfants demeurent aussi limités que toi.

# 13

# Guru Sunshine il te dit que la volonté te conduira à une éternité de misère

Si tu savais comment Guru Sunshine il admire la personne qui a inventé les conférences sur la motivation. Cette personne, qui ne comprenait aucunement les étapes qui conduisent à l'atteinte d'un objectif, a pris pour acquis que les personnes qui ne réussissent pas manquent de motivation.

Il a réussi à faire croire à tout le monde que la motivation est l'élément principal de la réussite. Et là, partout sur la planète, des motivateurs te donnent des conférences sur le sujet. Ils ne te diront pas que pour réussir tu dois : définir avec précision le but à atteindre; posséder les ressources nécessaires pour agir efficacement; et, employer la bonne stratégie d'actions. Ils ne t'expliqueront surtout pas comment structurer tout ça. Non, ils vont te dire qu'il te faut plus de motivation. Et dans leurs conférences, ils te stimulent et te font sauter comme un clown les bras en l'air, et toi, tu crois vraiment qu'en sortant de là, tu seras transformé en une machine de réussite.

Et c'est là que Guru Sunshine il devient empli de bonheur, car puisqu'en général tu échoues pour une des trois raisons dont je viens de te parler dans le paragraphe précédent, toi, tu crois que tu manques de motivation. Et que fais-tu quand tu crois manquer de motivation? Bien oui, tu redoubles d'efforts. Tu ne réfléchis pas, tu veux en faire encore plus, et tu t'épuises davantage.

GO! GO! GO! C'est à ça que se résume la motivation. Te botter le cul pour toujours en faire plus. Et, si tu échoues encore une fois, tu te diras que tu as besoin d'encore plus de motivation. Tu rejoins alors la philosophie de Guru Sunshine qui t'invite à t'épuiser pour conquérir l'inutile.

Dans son extraordinaire séminaire « *Sans motivation tu recules dans la bonne direction* », Guru Sunshine il ne t'expliquera pas que la motivation est la capacité de combler l'écart entre où tu te situes actuellement et où tu veux te rendre, et que tu dois suivre un plan pour y arriver. Non, il va te dire que tu dois toujours être insatisfait, viser toujours plus haut, t'épuiser toujours plus et comprendre que si tu n'y arrives pas, c'est que ta solution est : plus de motivation.

Imagine la vie extraordinaire que Guru Sunshine te propose : une éternité de misère.

PAROLE DE SAGESSE N°13
DE GURU SUNSHINE

## Une éternité de misère ce n’est pas très long quand tu possèdes l’inutile.

## 14

# Guru Sunshine il te dit quand le remercier

Sur ton lit de mort, lorsque ta vie défilera devant tes yeux et que tu te diras que tu l'as gaspillée pour toutes ces conneries, ce sera le bon moment pour remercier Guru Sunshine. Oui, car tu réaliseras que toute ta vie, je t'ai gardé sur le droit chemin. Je t'ai fait réaliser l'importance de maintenir les apparences au détriment de ta santé, de ta famille et de ton bonheur.

Si par hasard tes enfants ne viennent pas à ton chevet parce qu'ils se plaignent que tu n'as jamais été présent pour eux, sache qu'ils ne comprendront jamais et que tu aurais peut-être dû les inscrire au séminaire de Guru Sunshine : « *Comment perdre ta vie grâce à une simple croyance*. »

Oui, Guru Sunshine leur aurait enseigné l'importance des apparences. Ainsi, sur ton lit de mort, ils seraient à tes côtés pour te rappeler à quel point ils t'admirent d'avoir passé 14 heures par jour au travail; de leur avoir crié de fermer leurs gueules le soir parce que tu avais encore du travail à faire à la maison; d'avoir esquivé la chance de passer les weekends en leur compagnie; et d'avoir annulé de nombreuses vacances estivales pour ton travail. Non, je suis désolé de te dire que tes enfants n'ont rien compris.

Quand les souvenirs de ta vie défileront une dernière fois dans ton esprit et que tu te reverras, stressé et épuisé à force de courir après l'inutile, et que tu constateras que les moments de bonheur ne comptent au total que pour quelques minutes de ta vie, tu remercieras encore Guru Sunshine de t'avoir encouragé à maintenir le cap.

Et juste avant ton dernier souffle, quand tu réaliseras que le bonheur était la seule chose dont tu avais besoin, tu féliciteras Guru Sunshine de t'avoir convaincu que désirer l'inutile se veut la seule chose qui compte. Mais ne t'inquiète pas, ton dernier souffle ne durera pas longtemps et ton moment de faiblesse disparaîtra avec lui. Tu auras vraiment perdu ta vie à courir après les apparences.

Bien sûr, de l'autre côté, tu n'apporteras pas avec toi tes possessions physiques ni les apparences pour lesquelles tu auras travaillé si dur, mais au moins tu auras donné ta vie pour elles.

Oui, Guru Sunshine vient de te démontrer que tu peux devenir quelqu'un d'authentiquement faux et le rester jusqu'à ta mort.

Remercie donc Guru Sunshine de t'avoir guidé avec sagesse dans cette vie, et prie pour ne pas le rencontrer dans la prochaine.

PAROLE DE SAGESSE N°14
DE GURU SUNSHINE

## Merci, Guru Sunshine!

www.ingramcontent.com/pod-product-compliance
Ingram Content Group UK Ltd.
Pitfield, Milton Keynes, MK11 3LW, UK
UKHW022012260726
13994UKWH00006B/2434

9 782981 878090